はじまりは、恋

知花くらら

歌集

角川書店

目次

撮影　篠山紀信
装幀　水戸部功

歌集　はじまりは、恋

はじまりは、恋

知つてるでしよきつく手首を縛つても心まで奪へぬことくらゐ

ずるいずるい鉛筆書きの未来図はいつか誰かと書き直すのね

いち・に・さん　数へてしまふ呼出音あなたのそばにゐるひとはだれ

汗弾く君が背中をかき抱きまた再びの夏来るを知る

チュイルリーのネオンの移動遊園地ねえそつときみの射的の的にして

映画「ポンヌフの恋人」ジュリエット・ビノシュに恋をして

誰もゐないポンヌフの上で鬼ごつこ私ヒロインになつた気分よ

セーヌ川に臨むあの日のロティスリー額寄せ合ひゐし恋人たち

「今晩は行くよ」とあなたは言ったのに下着でもぐる冷たき布団

ティファニーのウィンドウには行きすぎる横顔どれも知らないけれど

襟を立て肩を抱いてもまだ寒いあの日と同じ雪が降り初む

肩抱かれ窓辺に寄れば熱き肌がガラスを白く曇らせてゐる

ふと会話が途切れて握るたなごころ熱く湿つて潮風《かぜ》に吹かるる

腰までの葡萄の棚の黒き実をつまみぐひしたブルゴーニュのまんなか

ベンチ下の銀杏をかかとでかきあつめ『プレーンソング』の頁を閉ぢぬ

歯ブラシもカップもシーツも棄てたのに待つてしまふのあの人の着信

細き指がぱきぽきくるみを割つてゐる吾の皮まで剝くいきほひで

目にかかる髪も破天荒さも好きだつた今は顔さへ思ひ出せない

「髪切つた？」バスケットボール手の中で転がす言ひ訳探しながら

旅券にはわれの写真のラミネート十年とふ時間が止まつたまま

子宮の声

眠つてゐる君がほどけてするするすると真つ赤なリボンになる夢を見た

もの言はず動じず吾を包んでくれる夏のアイガーに嫉妬せよ、かの人

ゆうらりと揺れる船底まだ見えぬ腹の命もゆうらり揺れて

二〇〇八年、アフリカ・ザンビア

「たからものみせてあげる」と小さき手にのせた楊枝のやうな鉛筆

ザンビアの保健所にて

ぶらさげて子の体重ははかららるる目盛りを見つめる母のまなざし

腹の上冷たき機械をすべらせて卵巣が見える卵までは見えず

指先か唇からか裏切りは見てみぬふりの手帳の余白

ん・どこどん・どこどこどこひゅー・んどこどこ　をんなの腰がリズムに揺れる

両箸で子持ちししやもの腹ほぐすピルは子宮の声を遠ざけてゐる

じんべゑざめと吾を隔てる濃紺の窓の厚みは60センチ

向日葵の髪どめ何度もさし直すあの子の席から見えるやうに

台風オンドイの被害を受けたフィリピンで

鬼ごつこしてゐた路地はいまはもう泥の底にかくれんぼして

泥はねて遊ぶ子たちのすぐ後ろ高層ビルが曇天にささる

足下の汚水は熱さで匂ひたつ子らは膝まで濡れながら遊ぶ

砂まみれの右手でないしよ話する怒つた母の口ぐせ真似て

手の指のみづかきそつとなぞられて先祖は魚だつて言はれても

出航の汽笛とともに島の子が港を駆ける手を振りながら

夏を二度過ごしただけの幼子が指をふりふりスクロールしてゐる

かはいいねと言はれし右の親指の爪の星が消ゆるまでふたつき

届かないもの

さつきまでぴたり絡めてゐた腕をほどく改札の電子音の前

振りむけばうしろ姿が人混みにちひさくなりゆく終電の四ツ谷駅

むぎゆぎゆうと押しつぶされて窓際で無意識に乳房をかばひをり

覗いたら吾を見てゐる君がゐて青の世界に匂まれ溶けゆく

冬の朝右耳であなたを聴いてゐる浜辺の松は風の形

ねずみ色の針で刺されてぎつちりと並んでゐるのはゴミムシダマシ

まどろみの耳の後ろのやはらかな寝息は今吾だけのもの

フランスのビザつてきれいと君は言ふそれはぼくらの別れの日付

車窓越しのさよならあなたの左手に右手を重ねてみても冷たい

棚の奥の豆の缶詰あのひとの好みを捨てる賞味期限切れ

船体とともに走る波飛沫高く上がれ吾を飲み込め

吾にふれるあなたの指の腹はもうひやりと冷たし肉球のやうに

金属の羽は鷗を追ひ越して滑る砂丘の海のうへ

りんご飴まで駆けたら兵児帯が背中で揺れた金魚みたいに

ぶつからぬやうにすういと泳いでゐる祭り囃子は聞こえぬけれど

セビリアの大聖堂の影が吾をとらへて離さぬ夏のゆふぐれ

鎖骨まで灼けたる熱き砂のうへあなたの皮膚の匂ひを抱く

キルギスの白い羊

額寄せて春まで暮らす胃を満たす野菜は雪の貯蔵庫に少し

じやがいもが値下がりしたと眉を寄せ羊一頭売りに出す冬

こぽこぽと羊を煮込む大鍋をかきまぜてゐる裸電球の下で

手のひらのうづまき人参パンひとつ生徒のけふの腹を満たさむ

かち・こちやんと小さき前歯に銀匙のぶつかる音がする給食室

「日本にも行つてみたいの」手の中の紅茶をふうふうするアイヌーラ

弦をかき鳴らし主人はほほゑんで言ひ出しづらくなるよ　さよなら

ナイルパーチの鱗

きらきらとナイルパーチの鱗が光る日向の魚売り場の隅で

受け口の顎で肉を喰らふとふその目は黄色く濁つてゐた

ざらざらと舌にまとはり砂が鳴る曇の低き平砂浦にふたり

唇が何か言ひかけて開いたまま重たいのは空だけぢやない

この世界で波は計算できないとふ言つてやりたいあなたもよつて

さよならのあとを探して一瞬の沈黙をもてあましてゐる
足の指の間の砂を数へてゐる長い前置きを聞きながら

いつもより優しいあなたのごめんねは終はりの合図　わかつてゐたけど

あの晩のあなたの匂ひのするシーツ洗へずにゐる夜10時

ぬらりとした銀の腹には卵を抱きナイルパーチは泳ぎ続ける

今月も吾の身体はただひとつの卵を排す　あてもないのに

診察台がぎゆいーんと上がりカーテンの向かう宙に股を開く

無防備な股の間からかちやかちやと器具の冷たい音がする

「終はりです」女医の声は乾いてゐる年に一度の婦人科検診

揚げたての白身魚の身をほぐすささくれだつた割り箸で

肌色のフライの衣をまとつてゐるひかり輝く鱗のかはりに

六文字《ナイルパーチ》の名前を呼んでもらへない君は誰かの代用品

しんとした夜半の食堂「美味しいよ」とひとりごつ吾、もの言はぬ君

包丁でしやばらしやばらと削がれゆくあなたが触れた背中の鱗

ばたんとふあなたが出てゆくドアの音わたしをひとり置き去りにする

丸裸の背中が寒くて膝を抱く虚しいだけね誰かのかはりは

この世界でナイルパーチは旅をする銀の鱗をなくした夜も

十七歳の母

シャツの下膨らむ乳房が揺れてゐる　どんこどこどこ太鼓の音に

牛糞のにほふ暗き片隅に目だけこちらを見つめる子あり

制服の裾から見える骨張つた両膝の間に命は宿れり

隣の子と教科書をはんぶんこする日に日に膨らむ腹を抱へて

ＨＩＶと生きる　キベラスラム、二〇一六年

色褪せたバケツに川の水背負ふ陽性と診断されし日も

数錠の薬にけふも生かされてバオバブの影に陽は沈みゆく

マラウイの移動保健所で二〇一六年

窓のうすあかりに痩せた乳を探す子のやはらかきさくら爪

さわさわと黒い小さな手のひらが吾のまつすぐな髪をなでをり

先月より軽き我が子を抱つこ紐で背負ひて帰る十七歳の母

水色のヒジャブ

二〇一四年、ヨルダンシリア難民キャンプ

あのねとふ君の前歯の隙間からシリア砂漠の匂ひがした

橙のこぼれる窓に影法師モスクが祈るやうに佇む

ヨルダンのシリア難民キャンプにて

手を伸べて届きさうな空なのに遠し茶色のゲートの向かう

地図上の国境線は無機質にどこまでもまつすぐ引かれてをり

T《テイ》シャツの右肩まつり縫ひされて母と子らは難民となる

なつめやし齧れば舌にねつとりと昨日までの故郷の味

爪を嚙みオーストラリアと囁いたヒジャブの君の唇が赤らむ

ヨルダン　シリア難民キャンプザータリにて

こめかみに刺さる視線　錆びたねぢをばらまいたやうな難民キャンプで

肩のうへ揺れる水色のヒジャブには恋と黒髪が隠されてゐる

喰ふとは生きる

ラム肉と薄暮のコーランかつ喰らひ愛もささやく喰ふとは生きる

やはらかに握つたシマに指のあとぱさりと舌の上でほどけた

注：シマはアフリカの主食でトウモロコシの粉をお湯でといて固めたもの

ばきごきと奥歯で砕けば幼虫の身体は燻したアーモンドの香り

ウガンダ二〇〇八年

青バナナを小さな鍋で煮る湯気が汗の匂ひとまじりあふ昼餉

雨水のうはずみ掬ひ火にかける今晩は青バナナの水煮

青バナナと米がいつもの給食でけふはつるんとゆで卵もつき

皿の上の五粒の米をかきあつめ匙でほほばる君の横顔

ぐつぐつと煮え立つ鍋を覗いたら大きな蝶が崩れかけてゐた

歓迎の山羊肉は炭の香りしてかぶりつく吾　みつめる村人

タンザニアの学校給食の視察へ二〇一二年

歯をたてて スプーンで喰らふ音だけす今日の献立は水煮豆

二〇一〇年、終戦直後のスリランカにて

給食の配膳に並ぶ制服の赤いネクタイが翻る校庭

汗ばんだ額はカレーの匂ひして廊下を駆ける昼休み

透明な視線に背中を刺されをりテントの間をすり抜けるとき

スリランカの民族紛争

弾痕は何も語らずタミルの兄の長き睫毛が影となりて

やはらかに銃弾痕に積もつておくれ白くまあるく包んでおくれ

カレーの中ゴーヤの緑を見つけたり象も暮らす国スリランカで

つんつんと鼻を寄せておしやべりする象のまつげは濡れてゐた

母ちゃん会議

スリランカ、内戦からの復興

半壊の校舎の裏に集まって母ちゃん会議戦後が始まる

ビンディが額に鈍く光つてゐる母は腕に子をかき抱き

ダールを喰む歯音が響く半壊の教室の壁に弾痕が二つ

銃弾の痕も記憶も消せないでゐる屋根の吹き飛んだ陽だまりの校舎

廊下まで響くみんなの発音練習MOTHER HAPPY HOPE FUTURE

ほたるいか

珈琲の苦さに胡麻ベーグルをかりかりと齧る君のゐない朝食

ほたるいかのせぼねはうすく透きとほるやはらかくてまだわたしを刺せない

「どこから?」と口の曲がつたをばちやんの顔が壁のフカヒレに見えた

ららちゃん

沖縄戦を生き延びた伯祖母の死

ぽつぽつと話してくれたねチョコレートを初めて口にした日のことを

やはらかに冷たき頰を撫でてゐる手には七十年ぶんの皺

血も肉もからからからに焼け残りたる骨は炭素か伯祖母か炭素か

箸先から逃げる肋骨この軽く細かな伯祖母を拾ひきれずも

「ららちやん」は三十三になりましたをばさんの声が聞きたいよ

砂上0センチ

空を受けけふも顔をあげて咲く砂の上0センチの浜昼顔

あかき指でわれの額にそとふれし老婆のひとみはめじろの羽根色

二〇一六年、マラウイにて

丸刈りの頭がころころ並んでゐる木陰の机で午後の算数

バオバブの影が燃ゆる地平線赤き夕陽はけふをたたみゆく

二〇一八年、ネパールへ

一文字の太き眉のそのうへに緋色のティカが汗に滲んで

雲が手をのばせど届かぬヒマラヤのけづり氷のごとき白尾根

数寄屋橋の夏の歩道に漂ふは水牛の乳のけもののくささ

裸足の花嫁

二〇一六年、マサイ族を訪ねて

耳飾りとをんなの意地をぶらさげて饂飩みたいにのびた耳たぶ

学校は歩きて遠く思ひて遠く明日は知らぬ男に嫁ぐ

約束の牛なんかより手に長き鉛筆がいいとは言へなくて

登校の子らを目で追ふ花嫁の長き頸には飾りが揺れて

水を汲み乳を搾る毎朝に分数式は要らなくなりぬ

六頭の山羊が贈られけふからは妻となる卒業式の日に
待ちわびて嫁ぎし春に九つのからだは新たないのちを宿し

赤色のビーズ飾りが重たげに睫毛をふせし花嫁のきみ

「ジャパンって」「遠いのかしら」と言ふきみの朝の日課は川の水汲み

ティシャツの胸の小さきふくらみは母となるにはまだ幼くて

はにかんでしあはせよとふ新妻はそれ以外の人生を知らず

ラチャダムヌーン

闘ひのまへの神への祈りとふモンコンの尾がリングに揺れる

※モンコン＝ムエタイで装着するヘッドリング

試合前のサイドロープは静まりゐるどちらか膝の崩るるまでは

眼の玉は血に濡れながらなほ立ちて誰がためをのこは闘ふか

両腕のガードの奥でぎょろりとす赤コーナーの雄鶏のまなざし

リング上のスポットライトが照らすのは村の家族の明日の暮らし

客席にリングを見つむる子がありて陽に焼けてゐるもの憂気な眉間

右肩のちひさなひもがずり落ちて少女は客をぬふやうに歩く

やはらかに透けし膝のうらがはにブーゲンビレアのあやしさありて

べんがらのやうなくち紅ぬりなほす掛金のあひづとぶ客席で

刺しあひてあらぶるたましひ躍動す　奪へわたしをこのまま遠くへ

チャオプラヤの恋

薄き花びらに穴があくほどの雨はドリアンの香りがして

シンハーの軽さがふたりを陽気にす　夕陽にけぶる激しきスコール

虎印のふたを開ければ鼻腔さす祖母の箪笥の匂ひと同じで

桃色のトゥクトゥクがゆくネオン街髪を梳かすはバンコクの風

人混みでぶつかるあなたの上腕が強張つてゐるパッポンの夜

踝と踵のあはひのなめらかな皮膚はココナッツオイルに濡れて

ばなな葉の逆さに生ゆるを眺めゐるベッドのうへで　雨後のけだるさ

黄みばしる白目が静かについてくるうすら暗き雨の裏路地

ナイトバーのミラーボールの残像に分度器のごとき臀部が揺れる

をしげなく白き蕾のやはらかさをセールにかけるはたちの夜に

パクチーの香りが月に照らされて蛙と蛾《ひひる》の蠢く闇

蒸す夜に汗ばむ肌の息づかひほそゆびやもりが片目で見てゐる

ブリジット・バルドーのやうにサンダルを片手に歩く波打ち際を

珊瑚の約束

絨毯の試着室には肌色のガードルがくたりと横たはつてをり

おめでたうございますとふ高き声がひとごとに響く待合室

コルセットに冷たき乳房が押し込まれ見たこともなき稜線を描く

なだらかに腰につきし贅肉を愛してくれるひとに出会へり

鏡にはヴェールの櫛を押しかへす母親譲りの黒髪が映ゆ

人生を選べぬひともゐる　けふも何も語らぬ婚姻届

ちかごろは子どもみたいに笑ふねとビールを飲みほすゆふぐれの母

決断はコンパスなしで円を描くのに似てゐる無花果の君よ

Ａ３の用紙に赤き受理印を押されて吾はハイグウシャとなり

白無垢の襟の白さがまぶしくて鏡の中には見知らぬひと

さかづきを支ふる腕にのつそりと大振袖が重く垂れる

綿帽子の内は変はらぬ吾ありて　祝詞は響くやまびこのやうに

カミヤマのうへの字をまだ書き慣れぬ陽射しあかるき区役所の窓口

半分になりし画数をもてあましほほづゑついて午後の机に

真新しき保険証には吾の知らぬ人の名前が刻まれてゐる

くらら草は口に苦き薬とふ莢のふとんにたねを包みて

踏みしめてざりりざりりと音が鳴るやきいも・まるふで・琉球撫子

ふたりぶんの饂飩の湯気で曇る窓　繭のなかの明るさにも似て

脱皮した蟹のうすかは揺れてゐる波間にひとり冷たかるらむ

とほあさにのびる月の道のこと猫に話してゐるあなた

うすもの珊瑚が揺れていつせいに満月の晩にみいのちの満つ

赤花の島

絨毯のごとき桑の実ふみしめて裏道に揺れる赤きランドセル

弟を迎へに行くよと産院に母と泊まりぬ遠足気分

しなだるるかうべの重みを抱きて寝かしつけし夜に姉となりぬ

沖縄戦で那覇が激戦地に
こつそりと買ひ食ひをした通学路はハーフムーンとよばれし場所

校庭の金網くぐり裏山へつづくそてつと空薬莢

シュガーローフの丘にはビルが建ち並ぶ傷あとおほふかさぶたのごとく

父は一九七七〜一九九五年、労働組合書記長を務めていた

夜中まで背中を丸めて書き物をしてゐた小さなアパートの居間で

真四角の小さなマス目いっぱいの父の字をあきずに眺めてゐた

しゅぷれひこーる
吾の手をにぎる父のあそびうた安保粉砕軍事基地撤去

店員に祖父がつぶやきし「カーフィー」が珈琲と知りぬ夏休み

陽炎の揺れる赤花の路地裏で何も語らぬ母と吾ふたり

注・赤花はハイビスカスのこと

自立するまで男は足枷と少女のやうに母は微笑む

八歳の吾の敵は青々と苦きゴーヤーチャンプルー

星砂をならすきみのてのひらは海を知りぬ五歳の夏に

鉄線のむかうに透けてあめりかはありぬ自転車に乗れし日も

米軍基地付近では基地内向けの電波を受信した
軽々と決めるダンクのシーンが好きでいつも観てゐたＮＢＡ

トーストとキャンベルのチキンクリームスープザッツ OKINAWAN モーニング

ケンタッキーのバーレルパックに熨斗つけてあちこうこうを抱へて帰りぬ

注：あちこうこう＝沖縄の方言であつあつの

キュウピイはテレビの中に　冷蔵庫にはエゴーがありぬ夏休み

注：エゴーは輸入品のサラダドレッシング

戦後、祖母は基地の中でメイドの職に就いた
ノーセンキュウと笑ふ祖母のめじりにはあの日の記憶が畳まれてゐる

祖父の故郷、慶留間島へ
トルコ釉のごとき海につまさきをひたして思ふ美ら《ちゆ》島のこと

野すももの転がる道にぽつぽつと語り始めし祖父の横顔

生きてゐてすまなかつたと泣く祖父の背中に落ちし一片のこもれび

月桃のやうにほほゑむ茂さんにぶらさがりゐるかげぼふし

一九四五年三月、慶留間島に米軍上陸

とほあさの珊瑚はやさしくゆれてゐたちひさな島のあの春の日も

まつくろにとぐろをまきて来たといふ戦艦しづかな島の入り江に

船底に耳を押しあてきいてゐる蟹の喰む音うみがめのまばたき

がじゆまるのつたを揺らしてきじむなあが遊んでゐるよ島の木陰に

道ばたの落葉の軽さに散らされし命のありぬかの日々のこと

集団自決で多くの村人が亡くなった

手榴弾のなければ細き青草で首しめあひぬ　あしびなーの森で

注：あしびなー＝沖縄の方言で遊び庭

とほくから死んではだめだと声がして指に残りぬ人肌のぬくもり

黄色地にデイゴの花の咲いてゐたとほき記憶の弾の雨にも

翠玉《エメラルド》の森はいのちを湛へてねむる甲羅も揺れて夏のゆふぐれ

芭蕉布のゆるき織目に陽のひかり透けし五月の蟬が鳴く朝

直角にそりしおばあの親指から糸がうまれる手品のやうに

縦糸のあはひを鋭き杼がはしる喜如嘉の風に乗る機織の音

むぎゅうぱた、むぎゅぱた、夏の音がする買つたばかりの島ざうり

お湯割りの泡盛のグラスかたむける祖父の耳になじみし補聴器

肌色の対の補聴器はあの春の死を祖父から遠ざけてゐる

りゆうちやんもうちなーむーくになるんだねとうれしさうな祖父と泡盛

注：うちなーむーく＝沖縄の方言で、沖縄の婿、沖縄の女性と結婚する男性のこと

あなたのかたち

洗濯機のとまるころあひみはからひテレビから流るる体操番組

ほふほふと饂飩をすする音だけが二月の晩にこだまして

ほんのりとあなたのかたちにぬくき布団　窓に小雪がゆるゆると降る

鯉たちはおほひ重なりその口は宙に開くブラックホール

砂の城に波がしみてゆくやうに眠るあなたの見る夢はなに

笹の葉を三たび曲げて匙にするあなたの親指のかたき節くれ

右肩に感じるあなたの居眠りの重さが好きだ日曜の夕方

サングラスかけたをとこが台所で新玉葱と格闘してゐる

吾の頬にさした夕陽を遮りて階段あがるちよこれいと

蟬がなく過去に置いてきたあれは屹度あはせ貝のかたがは

くたくたとふ土鍋の音を見つむればなんでも話せるそんな気もして

耳朶は焼きキャラメルのにほひした桂木の下のひそひそばなし

「コンカツ」とつぶやく貴女のなかゆびはほそゆびやもりよりもせつない

口の端でぷかぷかふかし煙とふもの憂さのガードをおろさぬ貴女

かたつぱしからドレスを試着するごとく相手を選べぬ難しさよ

吾のはらわたをきみが聴いてゐる背骨をまるめた猫のごとく
へその緒で命を与ふる母のやうに給油口にガソリンを挿す

ひらひらと無数のリボンは誰がために揺れてゐるのか扇風機売り場

真夜中の天井に響く波音はビー玉遊びの音がする

飲みかけのピルのシートは先月で時間がぴたりと止まつてゐる

一本か二本なのか採用の合否通知のごとき検査薬

三億分の一の奇跡が十二度《たび》も晶子の黒き鬢がほつるる

三十路の恋でした

アスファルトを肉球がやはらかく圧し猫が伸びする海のせとうち

「吾を待たぬをんなが好きだ」とさういへば言はれし三十路の恋でした

そんなにも待たるるここちぞわるくないい教へてあげたいもう過去のひと

きみがもうゐないといふこと
吐き気するたびに下腹部なでてみるきみにはまだ触れられぬけど

今週は五ミリ大きくなつてゐたふいに近づく命の足音

ハンケチで脇下ぬぐふをぢさんがゐて大塚駅前の朝喫茶

おやしらずの手術の帰りみち何を買つて帰るかあみだくじ

あなたの帰り待つは吾かコスモスかちひさな線路のわきにさ揺れて

宮殿のごとく優雅にきこゆれどユンヌフォスクーシュ流産の名詞形

七週のいのちの白き影はなくどこかに隠れてゐるんぢやないかと

先生の声はいつもの重さで響くこれでおしまひ本当におしまひ

仕方ないと笑顔をつくつてみせたのは万華鏡みたいな西陽のせゐ

数時間前にはふたりで見つめてゐた等間隔の信号の点滅

熱風がぬるりと肺に垂れこめるパシュパティナートの川のほとりで

注：パシュパティナートはネパールにあるヒンズー教の寺院

煤なのか母のかけらかわからねど風に吹かるる弔ひの薪山

気がつけば林檎ばつかり食べてゐたつはりはきみのゐたあかし

食卓の蠟燭の焰に揺れてゐるうさぎ林檎としづかな夜

もうそこにゐないはずの子の声が聴こえるごとく悪阻は続く

手のひらの画面と笑ひあつてゐる女子高生たちいつもの放課後

無花果のごとく

ウィリアム・モリスの壁紙みたいだねとあなたが指さす空の鳥よ

ひとふでで描かるるなら美しき緑の鳥に吾もなりたし

空に向かひ伸びる新芽のまぶしさはかなしくもありヴェランダにひとり

フィルターに珈琲の泡がしみてゆく涙のふちを追ひ越して

思ふ通りにならぬ焔に焼かれゐて生まれしスリップウェアを愛す

マグカップの縁の厚みにふれしとき　わけもなく押し寄せる涙

追ひかけてゆけどもゆけども永遠にちぢまらぬ月までの距離

グレゴリオ聖歌の楽譜濃紺のインクの凸は五百歳とふ

ランナーが吾を追ひこすたびひとつ、またひとつ、空つぽになる

ほたて貝が網で焼かれて開きても秋の浜辺にとぢたままの吾

黒檀の鳥かごの細きあひだからこぼるる光の七色に輝く

下着にはつくかつかぬか血液が無花果のごとく匂ひたつ

洗ひ物をして珈琲を淹れる朝　食欲がもどりつつありぬ

太陽のふちは写せぬそのレンズでとらへよ吾のなみだのあとを

わたしだつてつらいと母を責めた夜は絵本のやうなおぼろづくよで

ごめんねのねをワイパーがかき消して雨に濡れゐし湾岸道路

うなかぶすあなたの鬚がのびてきて吾をとらへて夫婦になりぬ

ながきはりでくるくるくるとまはさるるたこ焼きに目があつたのなら

まぶたとぢ光のビームに包まれて上下もわからぬほどの暗やみ

もがくほどに息は少なくなりて秋たこやきをふうふうしてゐる吾は

屋台にはおでんの湯気と中国語のとびかふ秋の農神祭

水色や黄や金色のゆれてゐる参道は焼きかすていらの匂ひ

遠出してみやこ島にはつきあかり飛行機の腹が横切つてゐる

おねえちやん、笑ひ声に豹柄のゆれる道修町の祭り屋台

手をあはすひとの願ひはちぎれぐもとなりてしづかに雨がやみぬ

そして世界がまはりだすとき

こんなにも子を抱く母の多きこと早足ゆきかふなんばの地下鉄

携帯を手鏡にしてまつあひだ前髪ととのふる恋人たち

ゆらゆらと日々は手吹きガラスのやうに揺れてをります不確かなまま

ゆふさりにブルキナの藍染め揺れてゐる地球の色の美しきこと

小鹿田焼の刷毛目模様は花びらのごとし明るき食卓のうへ

鉄塊の重さの腿を引き摺つてミドルキックあと8回が遠い

カウンターにトレンチコートを着てひとりナイター流るるお好み焼き屋で

就活のパンストに透ける青あざが薄らぐ頃に採用通知来る

透けさうなからだを萌やし太陽に向かひて湾曲する豆苗

台本を開きしままに君が頸のこくりと揺れてゐるをながむる

レッドアイといふなるケニアの赤き薔薇はちひさなとげで何を守らむ

わたしはここにゐるよと光る樹々たちのけなげさ聖夜の街にあり

ヌーの群れのごとき雲がずんずんと吾を追ひこす東京の真ん中

ほほつたふ涙の味がして黙るふたくちめの暮れのふとまき

三画目のやはらかさをもてあましてゐる平成といふ時間を思へば

かなしみが透明な涙をおしだして計量カップからあふれあふるる

おごるよとふ弟の背中を追ひかける正午の新宿三丁目

沈黙に細き煙草を二度ふかす喉のあたりに詰まりし言葉

汗ばみし小さな甚平抱き上げぬあの夏の匂ひする喫茶店

けだるさうに煙くゆらす横顔はあの日の弟のままだつた

吾を吸ひこまむとしてゐるトンネルの白線ひかりの出口はまだか

まな板のうへにばらばらと散らかりし青葱わたしの心みたいだ

透明なラップで蓋をするやうに過ごした日々の無防備な傷あと

あなたの首すぢに頬をつけ眠る出番のなくなりし湯たんぽ

二杯目で居眠りしてゐるあなたがゐて家族となりゆく深夜の居酒屋

雲間から一直線に刺してをり天使の梯子といふなる光線

冬の朝二本の白髪がきらめいてあなたを誰より知つてゐる吾は

ひいふうみ白き貝殻を数へつつあなたの足あとを踏む浜辺

こんこんと眠るあなたの耳たぶは野薔薇の匂ひのした春月夜

あしたへといそぐやうに稜線に点となりゆく夕陽のしづけさ

判定窓に二本の線があらはれて命ふたたび萌ゆるのを知る

解説　知花くらら歌集『はじまりは、恋』に寄せて

永田和宏

知花くららさんが第一歌集を出すことになった。知花さんが短歌を始めたかなり初期から、その歩みを知っている私としては少なからぬ感慨がある。

初めて知花さんに会ったのは、彼女が持っていたＦＭ系のラジオ番組に呼ばれたときであった。彼女自身が何度も語っていることだが、私と河野裕子の共著になる『たとへば君―四十年の恋歌』（文春文庫）に感動し、自分でも歌を詠んでみたいと思ったのがきっかけであったようだ。

初対面であったが、放送のあいだ中、しっかりとこちらを見て、食い入るように質問を重ねてくる眼差しが印象的であった。通り一遍のインタビューでなく、自ら何かを知りたい、得たいという真剣さと、時おり少女のように大笑いするあどけなさのアンバランスが強い印象を残した。

私が選者をやっていたＮＨＫ短歌にもゲストで出演してもらったり、「週刊朝日」の企

画で「週朝歌壇」という連載が始まり、そこでの対談が、のちに彼女との共著『あなたと短歌』（朝日新聞出版）として出版されるなど、彼女と会う機会が増えていった。個人的にも、連載時にも彼女の歌を見せられる機会も増えていった。当初は当然のことながら、文法的まちがいや、歴史的仮名遣いのまちがいなども多くあったが、それらを措いて、私が新鮮に驚いたのは、知花くららには、詠いたいことが内部から噴出しようとしているということだった。

知つてるでしよきつく手首を縛つても心まで奪へぬことくらゐ

巻頭に置かれた一首である。歌集名『はじまりは、恋』の巻頭にふさわしい一首であるとも言えようが、改めて言うまでもなく、ミス・ユニバースで世界第二位となり、モデルとして長くファッション誌の表紙を飾るなどの彼女の活動を見てきたファンにとっては、ちょっと驚きの歌ではないだろうか。この一首に続いて、

ずるいずるい鉛筆書きの未来図はいつか誰かと書き直すのね
いち・に・さん　数へてしまふ呼出音あなたのそばにゐるひとはだれ

などの歌が来る。失恋の歌である。いつでも書き直せる「鉛筆書きの未来図」しか見せてくれない恋人。電話をして、彼が出てくれるまでの呼出音に、その横にいるはずの誰か別の女性の姿をしかと感じてもいる。

女性たちのある種のあこがれの対象である知花くららにも、そんな切ない思いがあったのかと、写真のなかの世界から一気に抜け出て、私たちと同じ空気のなかに生きている普通の女の子といった気がするかもしれない。あるいは、

腹の上冷たき機械をすべらせて卵巣が見える卵までは見えず
今月も吾の身体はただひとつの卵を排す　あてもないのに

などと、女性の生理が直接に詠われている歌もあって、どきりとさせられる。

私自身は芸能界やマスコミといった世界には暗い人間であるが、モデルという知花さんの華やかな職業を考えれば、あまりに無防備とも見えるこれらの歌に、発表してほんとうに大丈夫なのと心配したこともあった。事務所からもそんな心配を受けていたことを彼女自身語っていたが、彼女にとっては歌は、そのような内部の切実な声を直接吐き出してし

まえる唯一の手段でもあったのだろうか。
ファンたちのあこがれの存在として、自分の内面を封じ込めておかなければならない特殊な世界、職業にあって、それを開放する手段として短歌があったのかもしれない。知花くららの短歌に、これだけは言いたいという切羽詰まった思いが強く感じられるのは、そこに理由があるのだろう。本歌集で、そんな知花さんの心の声を聞き取って欲しいものと願っている。

知花さんには、ほかに国連の世界食糧計画（WFP）の日本大使として、ザンビアやタンザニアをはじめとするアフリカ諸国、ヨルダンなどの中東、そしてスリランカやキルギスなどのアジア諸国など、貧困と食糧不足、教育問題を抱えた地域を頻繁に訪れていた時期がある。危険と貧困と過酷な日射しのなかでの活動は、モデルという職業には決して好ましいことではなかっただろうが、彼女はどこか一途な使命感を持って、それらの地域を訪れ、その地域の人々の抱える現状を、日本に、世界に発信する活動を続けてきた。当然のことながら、それらの地域で経験した多くの景が、歌として詠われているのも本歌集の特色をなしている。

ぶらさげて子の体重ははからるる目盛りを見つめる母のまなざし
足下の汚水は熱さで匂ひたつ子らは膝まで濡れながら遊ぶ
隣の子と教科書をはんぶんこする日に日に膨らむ腹を抱へて
先月より軽き我が子を抱っこ紐で背負ひて帰る十七歳の母
学校は歩きて遠く思ひて遠く明日は知らぬ男に嫁ぐ
登校の子らを目で追ふ花嫁の長き頸には飾りが揺れて

まだまだ挙げることができるが、アフリカなどの開発途上国を訪れ、現地の子どもたちと仲良くなる。知花さんの歌には特に女の子への視線が多いが、自分よりはるかに年下の、まだ幼い子どもたちが、貧しさゆえに、学校へも行けなかったり、教科書がなかったり、十代であるいはそれよりも幼く嫁いで、子どもを持ったりする現実に、言い知れぬ哀れを感じるのである。それは、すなわちその子どもたちを通して、自分を、あるいは日本の同年代の女性たちを見直すということでもあろう。人は、このような〈相対化〉によってのみ、自分を知ることができる。

このように視線が世界に、その貧困や民族の問題に届いていることは、歌集を読めばおのずから納得されることであろうが、その視線は、自らの出自である沖縄へ届いていることも明らかであろう。解説は、あまりにも微に入り細に入り読み解かないことが肝心と思っているので、あとは読者の読みにお任せしたいが、自らの恋、そして結婚にも、世界や沖縄への視線にも、知花くららのしっかり対象を見つめ、自分に嘘をついたり誤魔化したりしない歌、多くの不特定多数のファンを抱えながらも、それらに迎合することのない自分だけの感じ方を大切にした歌の数々は、紛れもないものとして強く印象づけられるはずである。

私が危惧することの一つは、知花くららがこの十年近く、その大きな力を割いてきた作歌という行為、そしてその成果としてのこの一冊の歌集が、モデル、あるいはタレントの余業などという色眼鏡で見られてしまうのではないかということである。「見られる」ことが商売のモデルという立場にありながら、一方的に見られるだけの存在ではなく、必死に自己表現の手段を探ってきたのが、知花くららの青春でもあった。真摯に短歌という表現手段に真向かおうとしている一人の歌人の業として、その作品が先入観なく受け容れられていくことを願っている。

あとがき

二十代は、思い返せばとても苦しかった。それは、ミス・ユニバースという大会で世界二位になったから。どこにでもいる普通の二十四歳が急に注目を浴びることになったのだ。だから私は、求められているであろう、成熟した女性である〝知花くらら像〟をいつもどこかで演じていたように思う。鎧を纏うように必死に。そしてあるときから、私は、食べては吐くという行為を繰り返すようになっていて。いわゆる、摂食障害。自分を押さえ込み続けた結果、いつの間にか自分自身を許せなくなってしまっていたのだ。

これではだめだと、摂食障害を乗り越え、三十歳を過ぎた頃、短歌と出会った。歌の中では、今までは隠してきたような格好悪いことも恥ずかしい気持ちも、ふしぎとまっすぐに綴れた。言葉の海の中で、気持ちにぴったりのピースを探しながら漂う。そこには〝こうあるべき自分〟を演じる必要なんてなくて。ひたすら自分の心の声に耳を傾けて、手探りで言葉を探す。なんだか羽が生えたように自由になれた気がした。

今では、歌を詠むことで自分の心を理解することもある。大切な人を亡くしたとき、痛くても悲しくても、ただひたすら心を見つめて詠む言葉を探している自分がいて。出てきた言葉たちは、格好よくない裸の自分そのもの。でもそれで良かった。心の声に言葉をあててあげることで〝悲しんでいい、泣いていい〟と、言われている気がして、楽になれた。短歌にはそうやって何度も救われた。

できあがった歌たちは、心の声で濡れている。肝心な部分を言葉にしなくとも、作者の切なる声が聞こえてくる気がする。そんな人間臭さが、美しくて、切なくなるほど愛しい。そして言葉たちは、読者のみなさんの手に渡り、また羽ばたいていく——。歌集を通して、三十一文字の世界を自由に旅して頂けたらこの上なく嬉しい。

無限に広がる短歌の可能性と美しさに出会わせてくださり、ここまで導いてくださった永田和宏先生。帯文の執筆を引き受けて下さった俵万智さん、出版にあたり、角川『短歌』の石川一郎編集長をはじめ、最後まで粘り強く私の原稿と向き合ってくださった編集の住谷はるさん、カバー撮影を快諾してくださった篠山紀信さん、装丁の水戸部功さん、お力添えを頂いた関係各位の皆様に感謝申し上げます。

二〇一九年六月

知花くらら

知花くらら（ちばな くらら）

1982年3月27日生まれ。沖縄県出身。

2006年ミス・ユニバース世界大会で準グランプリを獲得。

多数の女性ファッション誌でモデルを務めるほか、TV・ラジオ・CMに出演。

NHK大河ドラマ「花燃ゆ」で女優デビュー。

2007年から始めた国連WFP（国連世界食糧計画）の活動は今年13年目を迎える。

現在も国連WFP日本大使としてアフリカやアジアなど食糧難の地域への現地視察を行い、
日本国内で積極的に現地の声を伝える活動を行っている。

2013年に短歌を始め、2017年には「ナイルパーチの鱗」で第63回角川短歌賞佳作を受賞。

2018年には永田和宏氏との共著『あなたと短歌』を刊行。

現在も雑誌や新聞で短歌エッセイを連載中。

歌集 はじまりは、恋《こい》

2019（令和元）年6月28日　初版発行

著者　知花くらら
発行者　宍戸健司
発行　公益財団法人 角川文化振興財団
〒102-0071 東京都千代田区富士見1-12-15
TEL 03-5215-7821
http://www.kadokawa-zaidan.or.jp/
発売　株式会社 KADOKAWA
〒102-8177 東京都千代田区富士見2-13-3
TEL 0570-002-301（カスタマーサポート・ナビダイヤル）
受付時間 11時〜13時／14時〜17時（土日祝日を除く）
https://www.kadokawa.co.jp/
印刷製本　中央精版印刷株式会社

 ISBN978-4-04-884278-5 C0092